U0066547

瑞蘭國際

瑞蘭國際

瑞蘭國際

瑞蘭國際

สวัสดี

超入門

泰文字母教室

新版

李汝玉 著

作者序

泰語要學好，先學會泰文字母

泰語是拼音語言，有自己的拼音元素，包含44個子音字母、32個母音字母和4個聲調符號。學習泰語建議從認識拼音元素開始，要能拼讀單字，就必須背熟牢記這些字母，而練習寫字母是幫助快速記憶的方法之一。

本書專為初學泰語者設計，書中包含子音字母、母音字母、聲調符號和泰文數字，這些在習字帖裡都附有筆順和虛字行，讓讀者跟著寫，再自己練寫。除此之外，本書附贈MP3音檔，建議讀者在練習寫字母前，先聽字母的發音再跟著唸，並在練寫時，每寫一個字母就唸一遍，如此練習可帶來更好的學習效果。

學習泰語最難之處，莫過於背熟拼音元素，當您牢記這些字母與符號後，就會對學習泰語如柳暗花明又一村的感覺，畢竟萬事起頭難，但有志者事竟成，祝福勤奮的您，都可以收穫滿滿。

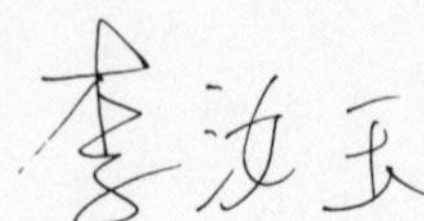

習寫練習 Step by step ！

作者親錄音檔

習寫前聽一聽音檔，確認一下正確的字母、例字的發音，練寫時，還能邊寫邊唸，增進記憶力。

筆順一目了然

為了幫助讀者寫出整齊的泰文，每個字母都加註了筆順，照著箭頭練習，就能寫出好泰文！

不可不知的字母知識

學習字母時，也必須學會的音標、泰文名稱、代表單字、例字等，就算只是習字帖，也全部教給你！

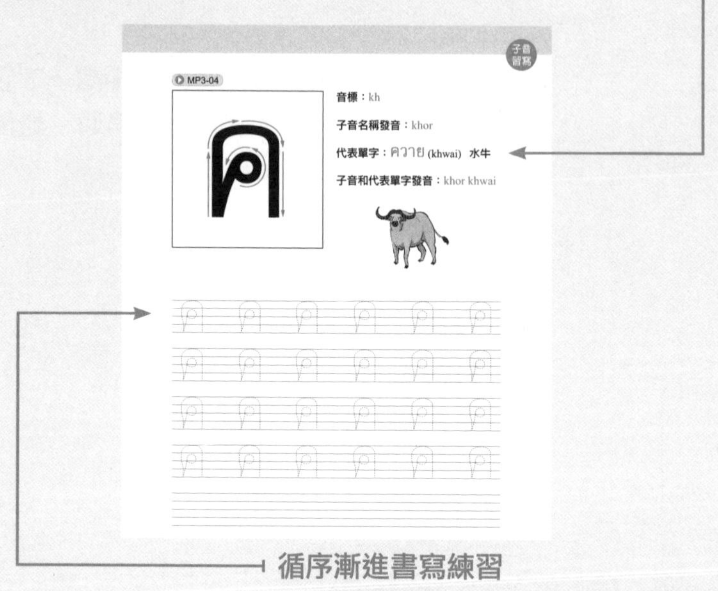

循序漸進書寫練習

4行虛線練習＋2行空白練習，搭配可對照位置的格線，一步一步要你寫出標準的泰文字母！

如何掃描 QR Code 下載音檔

1. 以手機內建的相機或是掃描 QR Code 的 App 掃描封面的 QR Code。
2. 點選「雲端硬碟」的連結之後，進入音檔清單畫面，接著點選畫面右上角的「三個點」。
3. 點選「新增至『已加星號』專區」一欄，星星即會變成黃色或黑色，代表加入成功。
4. 開啟電腦，打開您的「雲端硬碟」網頁，點選左側欄位的「已加星號」。
5. 選擇該音檔資料夾，點滑鼠右鍵，選擇「下載」，即可將音檔存入電腦。

目次

พยัญชนะไทย

泰文子音字母習寫

泰文子音字母總表

ก	ข	ฃ	ค	ฅ	ฆ	ง
จ	ฉ	ช	ซ	ฌ	ญ	ฎ
ฏ	ฐ	ฑ	ฒ	ณ	ด	ต
ถ	ท	ธ	น	บ	ป	ผ
ฝ	พ	ฟ	ภ	ม	ย	ร
ล	ว	ศ	ษ	ส	ห	ฬ
อ	ฮ					

MP3-01

音標：k

子音名稱發音：kor

代表單字：ไก่ (kǎi) 雞

子音和代表單字發音：kor kǎi

MP3-02

音標：kh

子音名稱發音：khór

代表單字：ไข่ (khǎi) 蛋

子音和代表單字發音：khór khǎi

MP3-03

音標：kh

子音名稱發音：khór

代表單字：ขวด (khǔod) 瓶

子音和代表單字發音：khór khǔod

MP3-04

音標：kh

子音名稱發音：khor

代表單字：ควาย (khwai)　水牛

子音和代表單字發音：khor khwai

MP3-05

音標：kh

子音名稱發音：khor

代表單字：คน (khon) 人

子音和代表單字發音：khor khon

MP3-06

音標：kh

子音名稱發音：khor

代表單字：ระฆัง (rã-khang) 鈴

子音和代表單字發音：khor rã-khang

MP3-07

音標：ng

子音名稱發音：ngor

代表單字：งู (ngu) 蛇

子音和代表單字發音：ngor ngu

MP3-08

音標：j

子音名稱發音：jor

代表單字：จาน (jan) 盤、碟

子音和代表單字發音：jor jan

MP3-09

音標：ch

子音名稱發音：chór

代表單字：ฉิ่ง (chǐng) 小鈸

子音和代表單字發音：chór chǐng

MP3-10

音標：ch

子音名稱發音：chor

代表單字：ช้าง (chãng)　象

子音和代表單字發音：chor chãng

MP3-11

音標：s

子音名稱發音：sor

代表單字：โซ่ (sò) 鎖鍊

子音和代表單字發音：sor sò

MP3-12

音標：ch

子音名稱發音：chor

代表單字：ເฌอ (cher) 大樹

子音和代表單字發音：chor cher

MP3-13

音標：y

子音名稱發音：yor

代表單字：หญิง (yíng) 女性

子音和代表單字發音：yor yíng

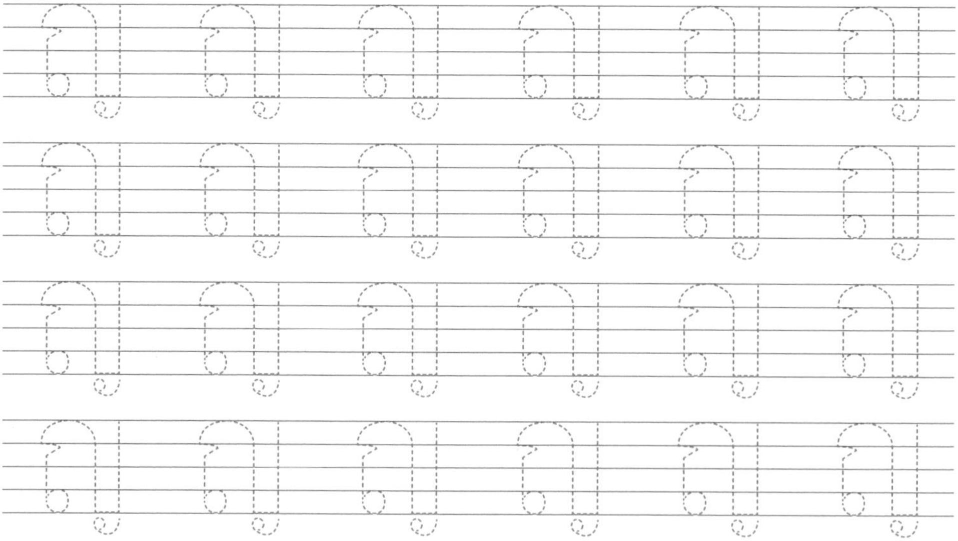

MP3-14

音標：d

子音名稱發音：dor

代表單字：ชฎา (chå-da)　舞冠

子音和代表單字發音：dor chå-da

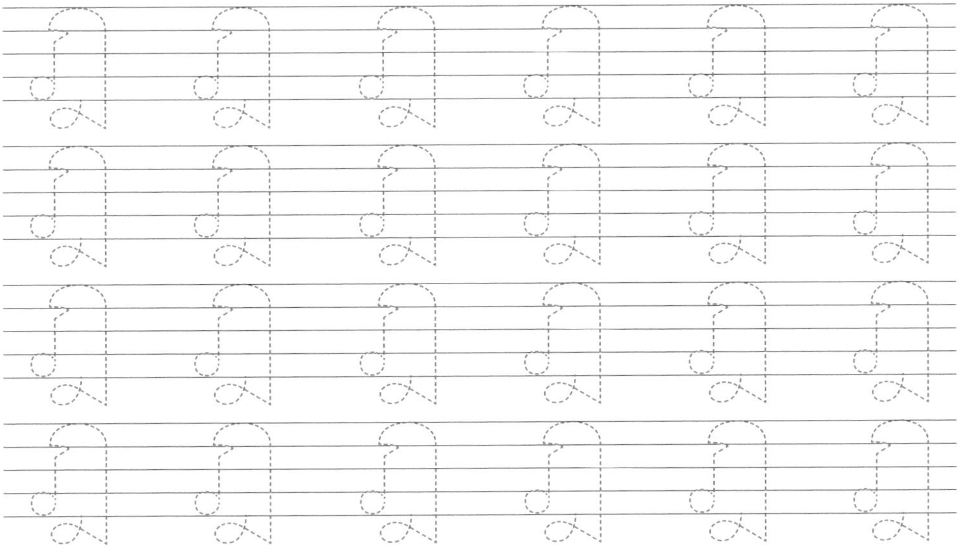

MP3-15

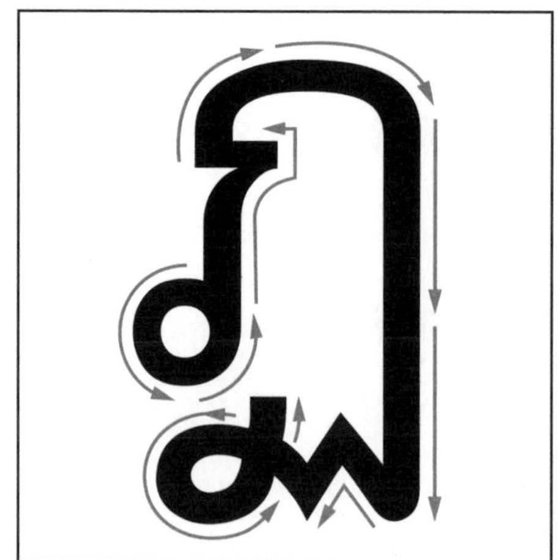

音標：t

子音名稱發音：tor

代表單字：ປฏັກ (på-tăg) 刺棍

子音和代表單字發音：tor på-tăg

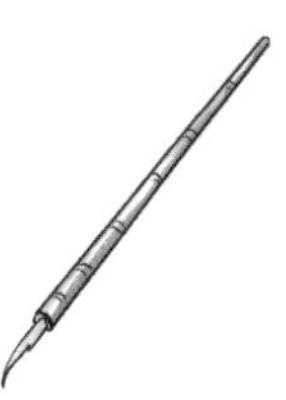

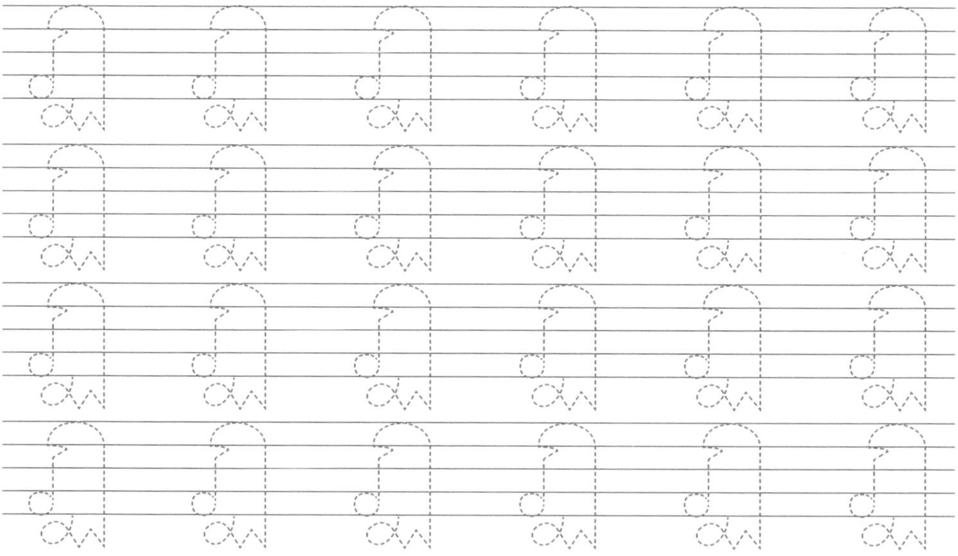

MP3-16

音標：th

子音名稱發音：thór

代表單字：ฐาน (thán) 壇、塔座

子音和代表單字發音：thór thán

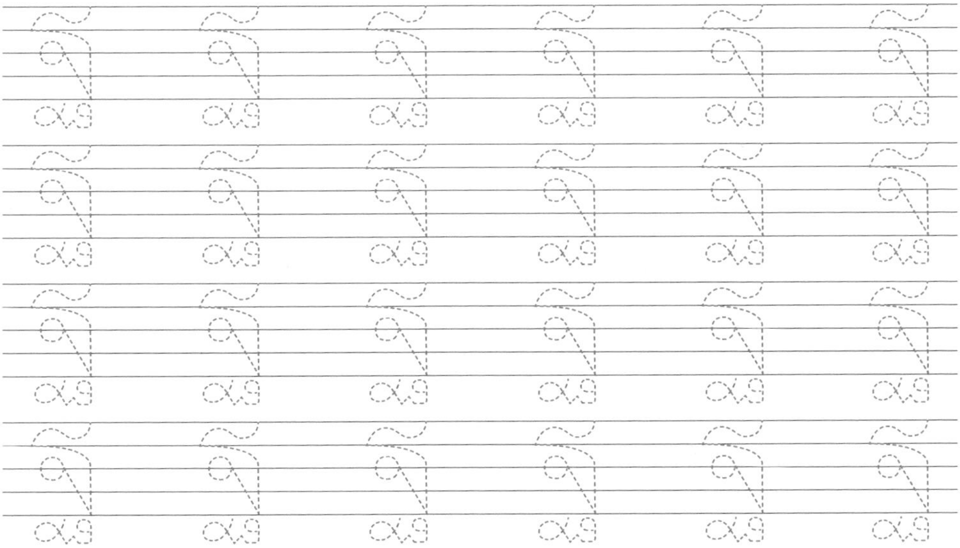

MP3-17

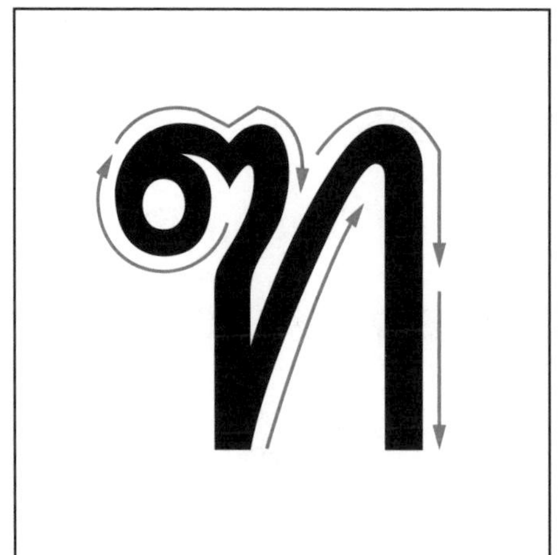

音標：th

子音名稱發音：thor

代表單字：มณโฑ (mon-tho)

曼佗女（夜叉之妻）

子音和代表單字發音：thor mon-tho

MP3-18

音標：th

子音名稱發音：thor

代表單字：ผู้เฒ่า (phù-thào) 老人

子音和代表單字發音：thor phù-thào

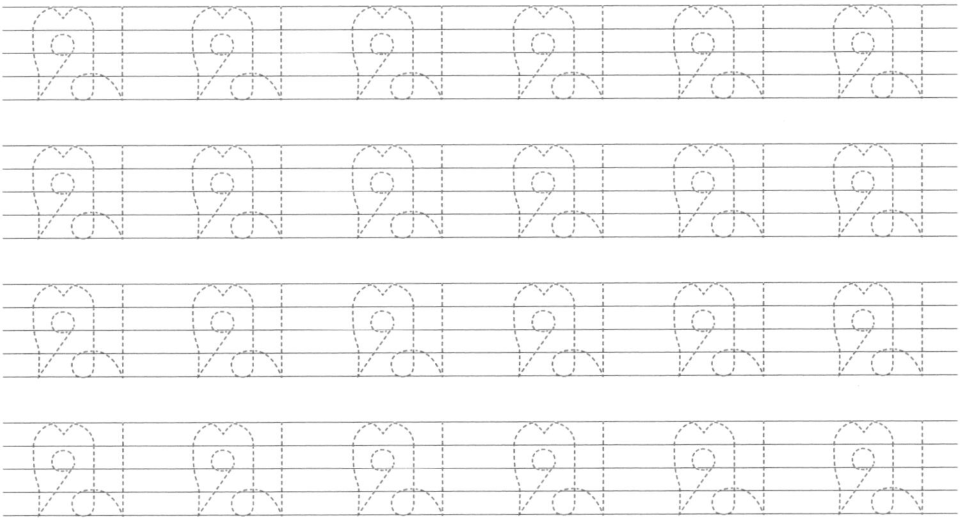

MP3-19

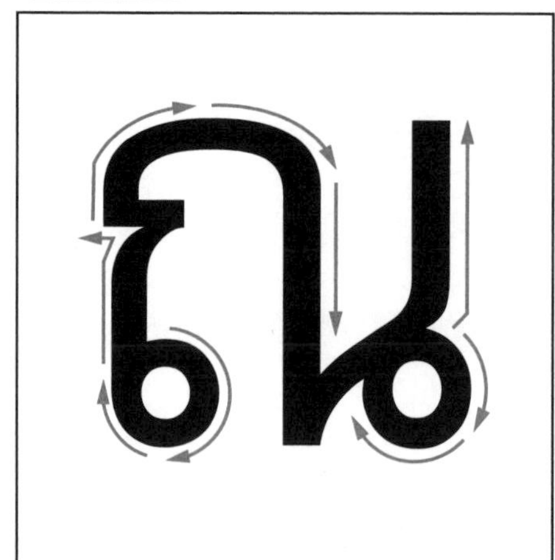

音標：n

子音名稱發音：nor

代表單字：เณร (nen) 沙彌

子音和代表單字發音：nor nen

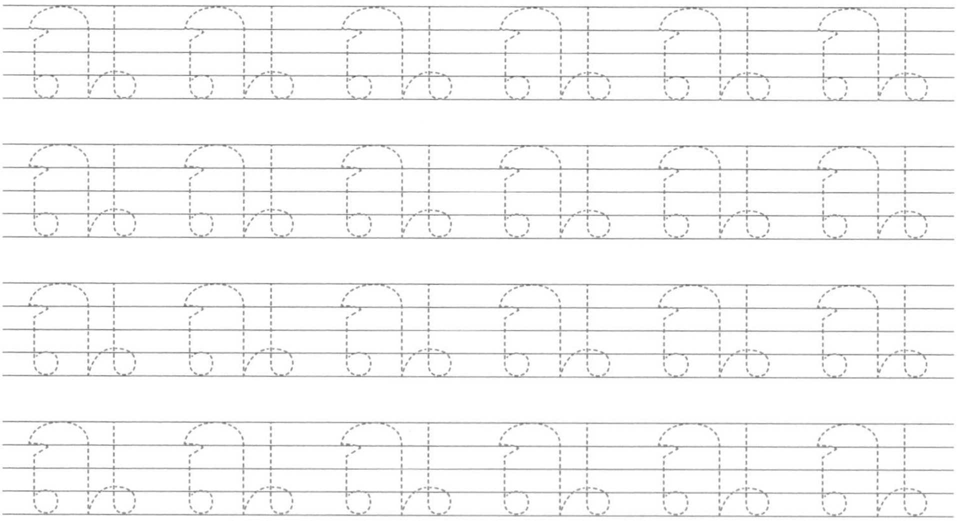

MP3-20

音標：d

子音名稱發音：dor

代表單字：เด็ก (děg) 孩童

子音和代表單字發音：dor děg

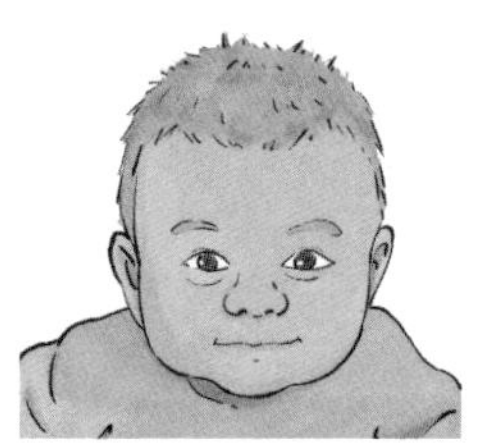

MP3-21

音標： t

子音名稱發音： tor

代表單字： เต่า (tăo) **烏龜**

子音和代表單字發音： tor tăo

MP3-22

音標：th

子音名稱發音：thór

代表單字：ຖຸງ (thúng)　袋子

子音和代表單字發音：thór thúng

MP3-23

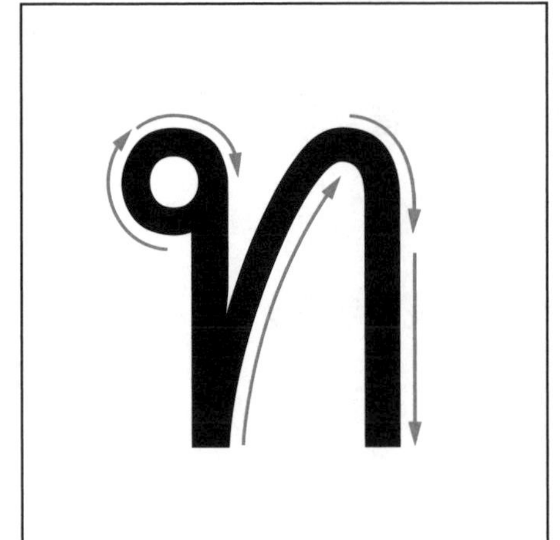

音標：th

子音名稱發音：thor

代表單字：ทหาร (thå-hán) 軍人

子音和代表單字發音：thor thå-hán

MP3-24

音標：th

子音名稱發音：thor

代表單字：ທຸງ (thong) 旗

子音和代表單字發音：thor thong

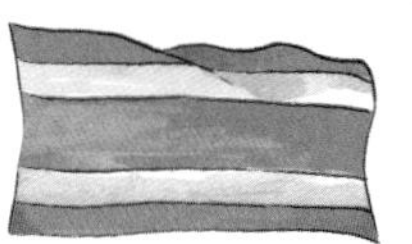

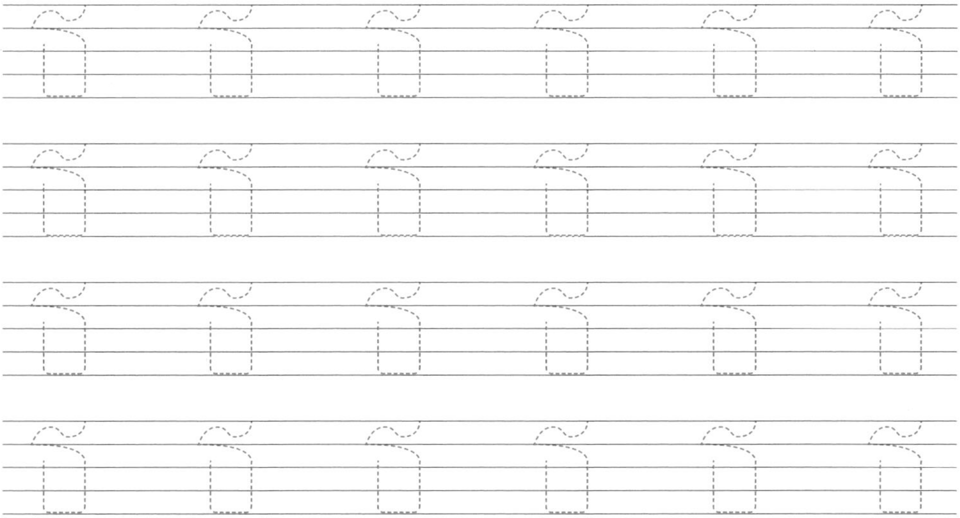

MP3-25

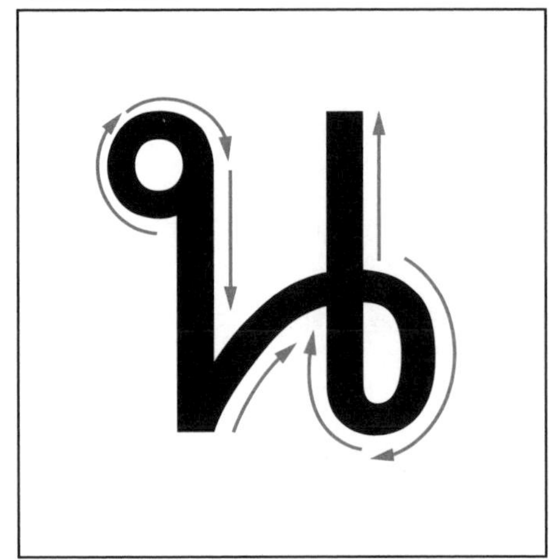

音標：n

子音名稱發音：nor

代表單字：หนู (nú) 鼠

子音和代表單字發音：nor nú

MP3-26

音標：b

子音名稱發音：bor

代表單字：ใบไม้ (bai-mãi) 樹葉

子音和代表單字發音：bor bai-mãi

MP3-27

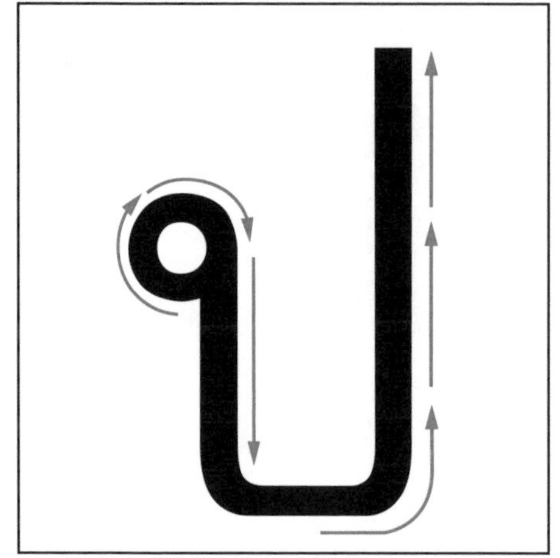

音標：p

子音名稱發音：por

代表單字：ปลา (pla) 魚

子音和代表單字發音：por pla

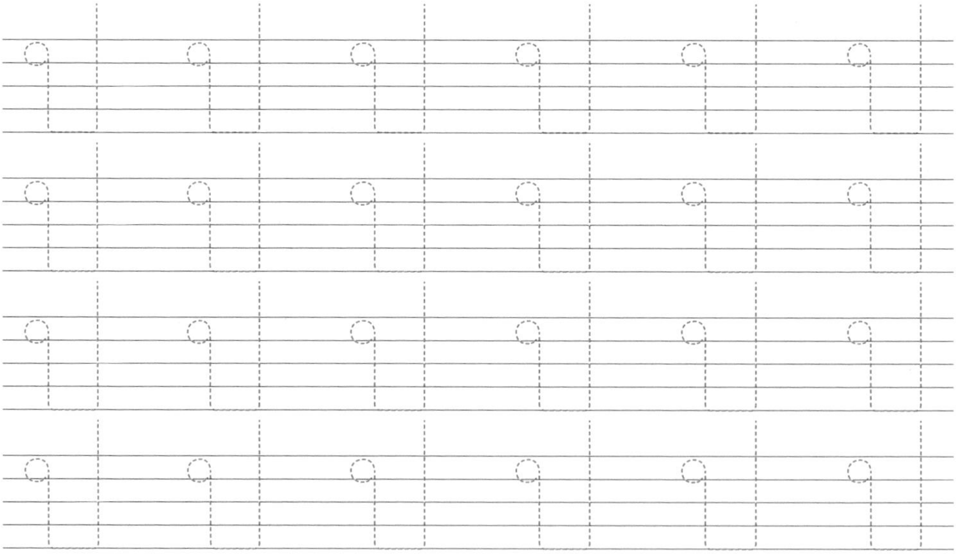

MP3-28

音標：ph

子音名稱發音：phór

代表單字：ຜຶ້ງ (phèung) 蜜蜂

子音和代表單字發音：phór phèung

MP3-29

音標：f

子音名稱發音：fór

代表單字：ฝา (fá) 蓋子、牆壁

子音和代表單字發音：fór fá

MP3-30

音標：ph

子音名稱發音：phor

代表單字：พาน (phan) 高腳盤

子音和代表單字發音：phor phan

MP3-31

音標：f

子音名稱發音：for

代表單字：ฟัน (fan) 牙齒

子音和代表單字發音：for fan

MP3-32

音標：ph

子音名稱發音：phor

代表單字：ສຳເພາ (sám-phao) **帆船**

子音和代表單字發音：phor sám-phao

MP3-33

音標：m

子音名稱發音：mor

代表單字：ม้า (mã) **馬**

子音和代表單字發音：mor mã

MP3-34

音標：y

子音名稱發音：yor

代表單字：ยักษ์ (yãg) 夜叉

子音和代表單字發音：yor yãg

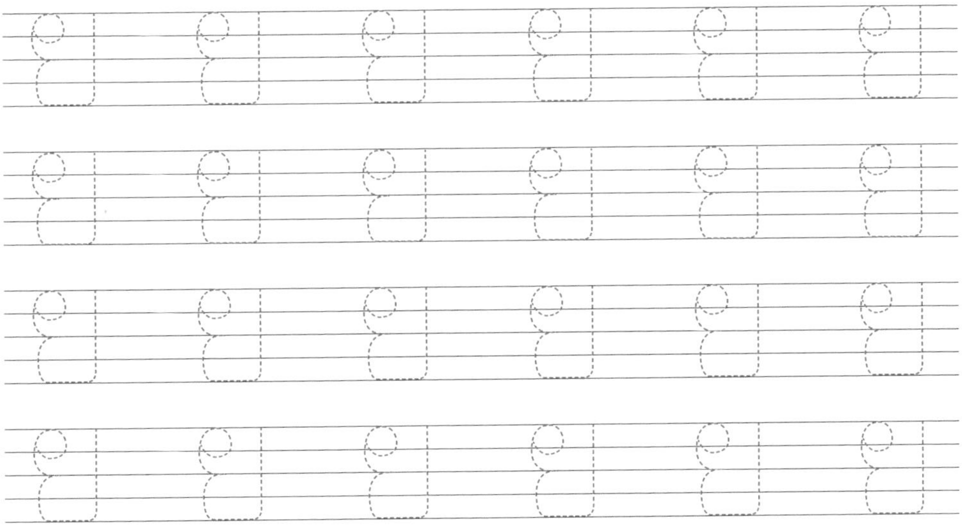

MP3-35

音標：r

子音名稱發音：ror

代表單字：เรือ (reua) 船

子音和代表單字發音：ror reua

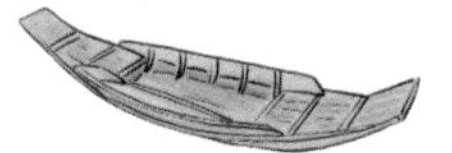

MP3-36

音標：l

子音名稱發音：lor

代表單字：ลิง (ling) 猴子

子音和代表單字發音：lor ling

MP3-37

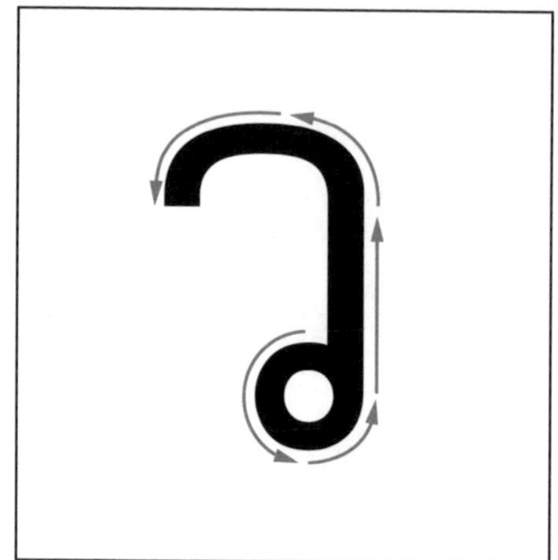

音標：w

子音名稱發音：wor

代表單字：แหวน (wáen) 戒指

子音和代表單字發音：wor wáen

MP3-38

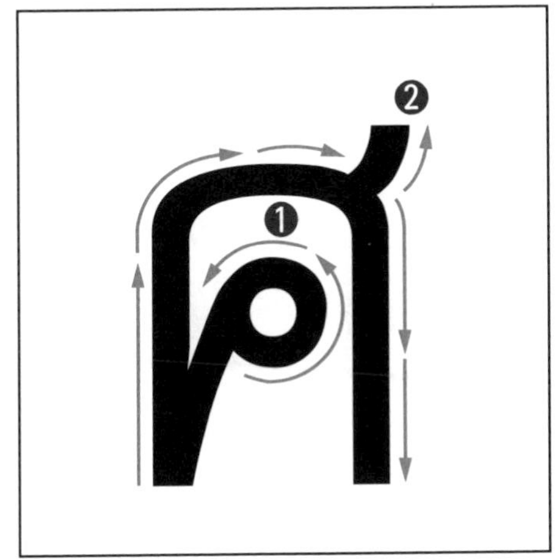

音標：s

子音名稱發音：sór

代表單字：ศาลา (sá-la) 涼亭

子音和代表單字發音：sór sá-la

MP3-39

音標：s

子音名稱發音：sór

代表單字：ฤาษี (reu-sí) 隱修士

子音和代表單字發音：sór reu-sí

MP3-40

音標：s

子音名稱發音：sór

代表單字：เสือ (séua) 虎

子音和代表單字發音：sór séua

MP3-41

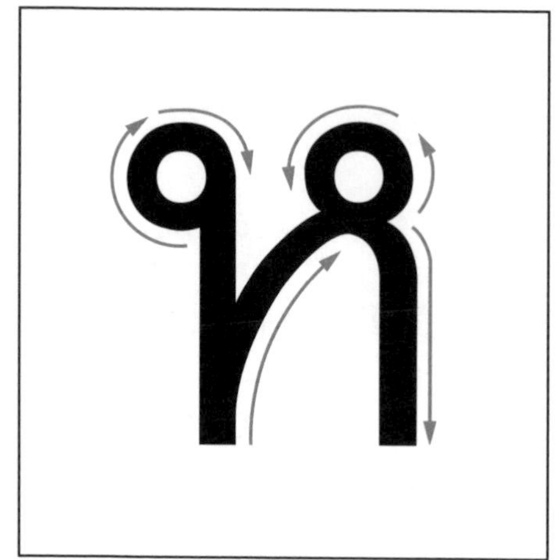

音標：h

子音名稱發音：hór

代表單字：หีบ (hǐb) 箱子

子音和代表單字發音：hór hǐb

MP3-42

音標：l

子音名稱發音：lor

代表單字：จุฬา (jǔ-la) 五角風箏

子音和代表單字發音：lor jǔ-la

MP3-43

音標：Ø

子音名稱發音：or

代表單字：อ่าง (ǎng) 盆子

子音和代表單字發音：or ǎng

MP3-44

音標：h

子音名稱發音：hor

代表單字：นกฮูก (nõg-hùg) 貓頭鷹

子音和代表單字發音：hor nõg-hùg

สระและวรรณยุกต์ไทย

泰文母音字母、聲調符號習寫

泰文母音字母總表

–ะ	–า	–ิ	–ี	–ึ	–ื	–ุ
–ู	เ–ะ	เ–	แ–ะ	แ–	โ–ะ	โ–
เ–าะ	–อ	เ–อะ	เ–อ	เ–ียะ	เ–ีย	เ–ือะ
เ–ือ	–ัวะ	–ัว	–ำ	ใ–	ไ–	เ–า
ฤ	ฤๅ	ฦ	ฦๅ			

泰文聲調符號總表

–่	–้	–๊	–๋

註：「–」為子音的位置。

MP3-45

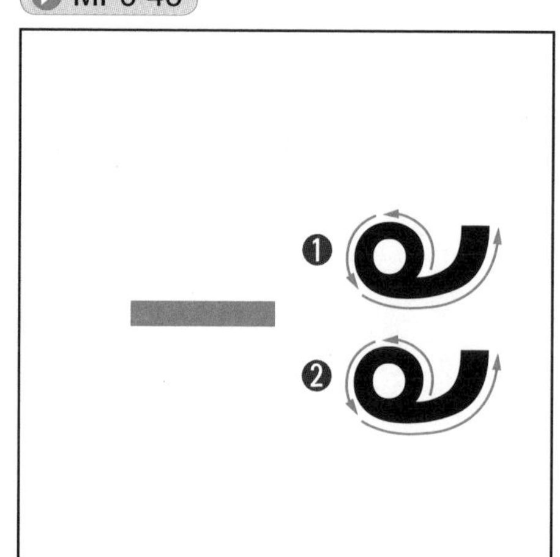

音標：a

泰文名稱：สระอะ (så-rǎ-ǎ)

例字：ระฆัง (rã-khang) 鈴

MP3-46

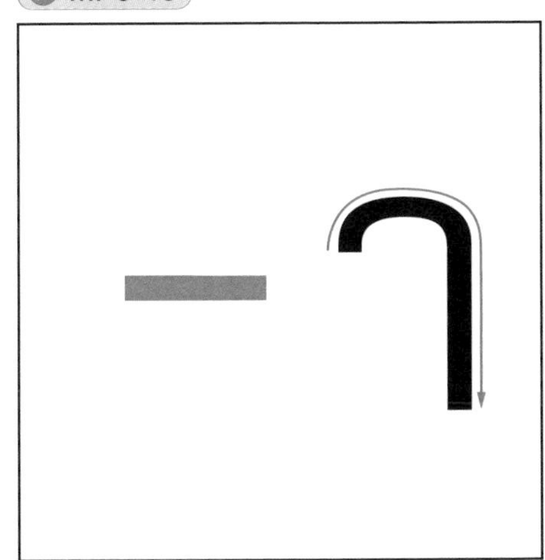

音標：a

泰文名稱：สระอา (så-ră-a)

例字：ปลา (pla) 魚

MP3-47

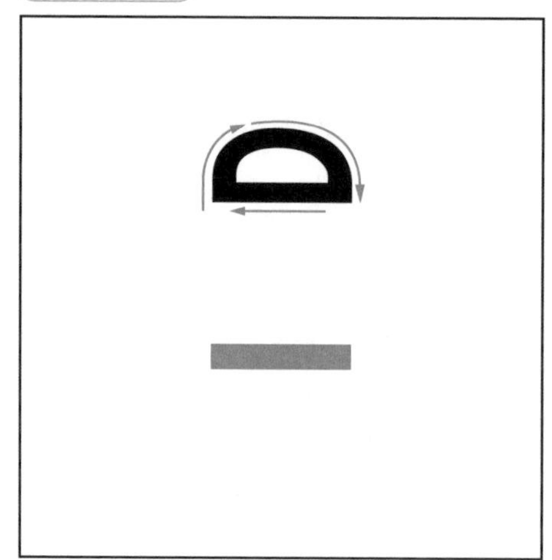

音標：i

泰文名稱：สระอิ (så-ră-ĭ)

例字：ลิง (ling) 猴子

MP3-48

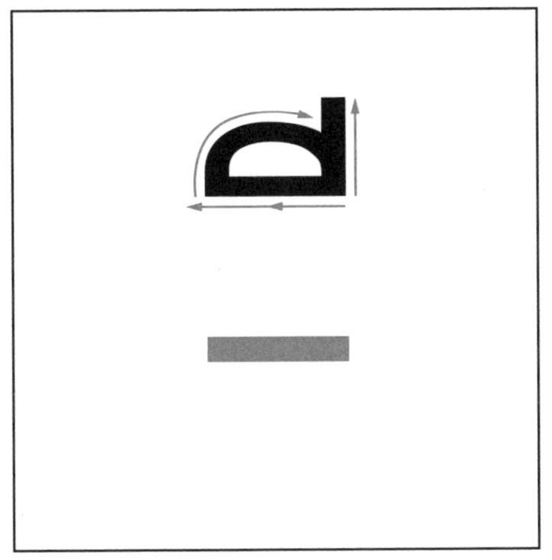

音標：i

泰文名稱：สระอี (så-ră-i)

例字：หีบ (hǐb) 箱子

MP3-49

音標： eu

泰文名稱： สระอื (sǎ-rǎ-ěu)

例字： ผึ้ง (phèung) 蜜蜂

MP3-50

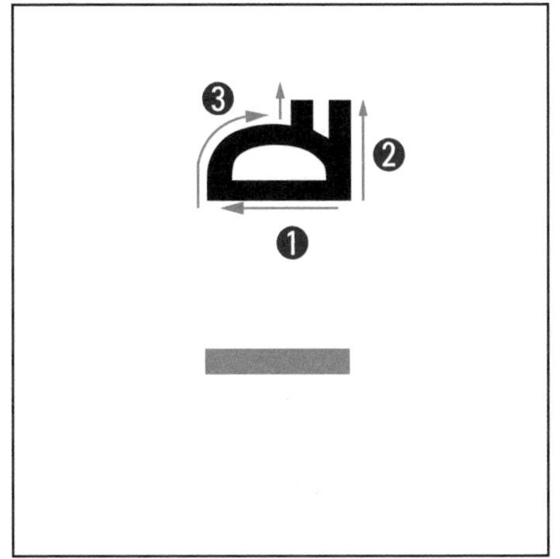

音標：eu

泰文名稱：สระอือ (sǎ-rǎ-eu)

例字：มือ (meu) 手

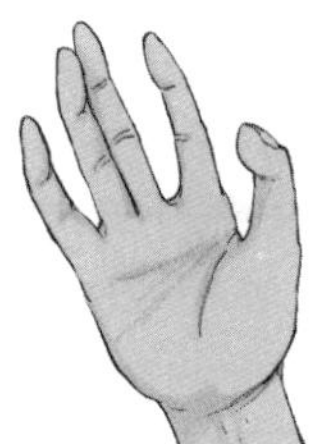

MP3-51

ุ

音標：u

泰文名稱：สระอุ (sǎ-rǎ-ǔ)

例字：ถุง (thúng) 袋子

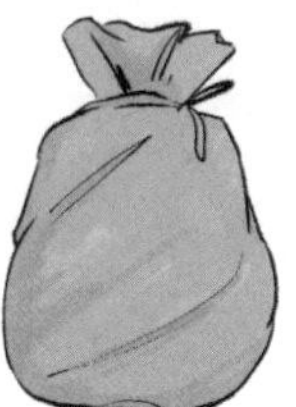

ุ ุ ุ ุ ุ ุ

ุ ุ ุ ุ ุ ุ

ุ ุ ุ ุ ุ ุ

ุ ุ ุ ุ ุ ุ

MP3-52

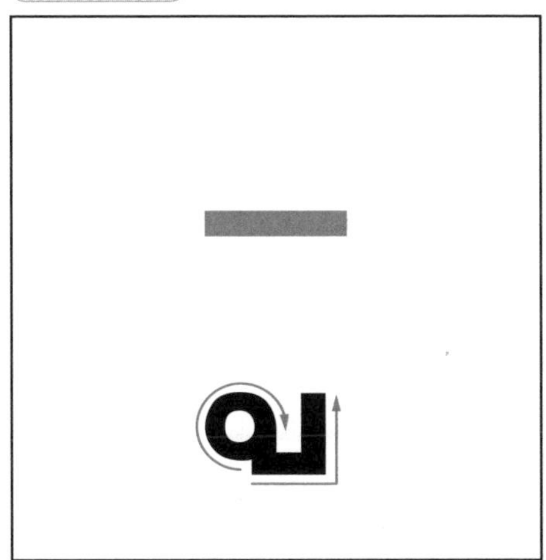

音標：u

泰文名稱：สระอู (så-rǎ-u)

例字：งู (ngu) 蛇

MP3-53

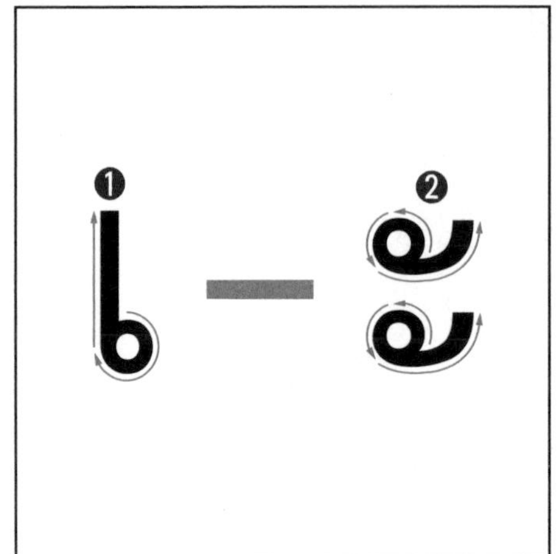

音標：e

泰文名稱：สระเอะ (så-ră-ĕ)

例字：เละ (lĕ) 軟爛

MP3-54

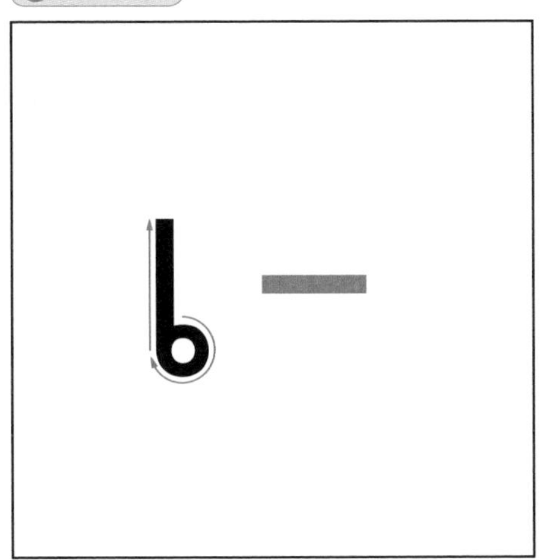

音標：e

泰文名稱：สระเอ (så-rǎ-e)

例字：เณร (nen) 沙彌

MP3-55

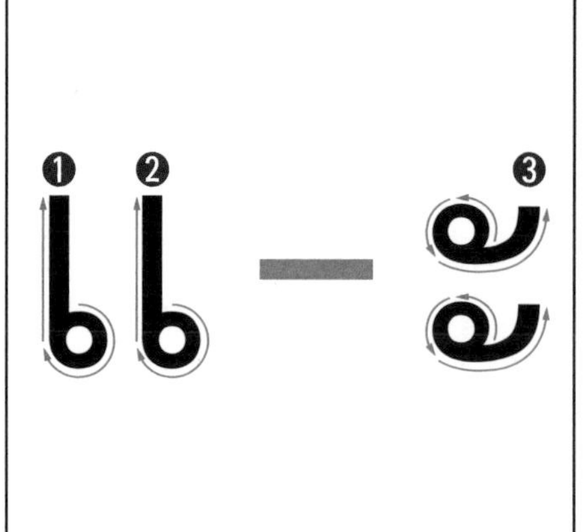

音標：ae

泰文名稱：สระแอะ (så-ră-ăe)

例字：แพะ (phãe) 山羊

MP3-56

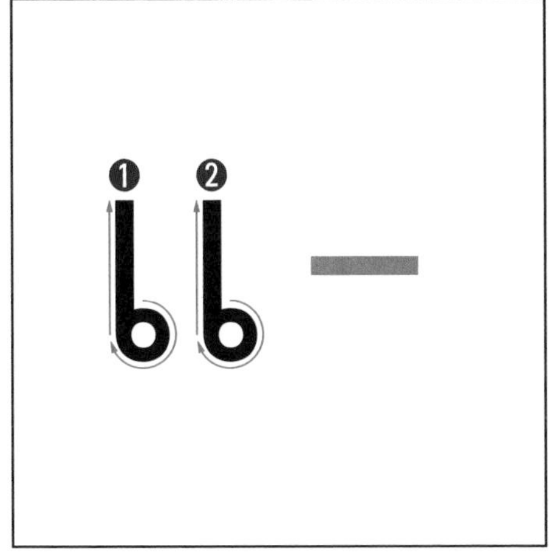

音標：ae

泰文名稱：สระแอ (så-rǎ-ae)

例字：แห (háe) 漁網

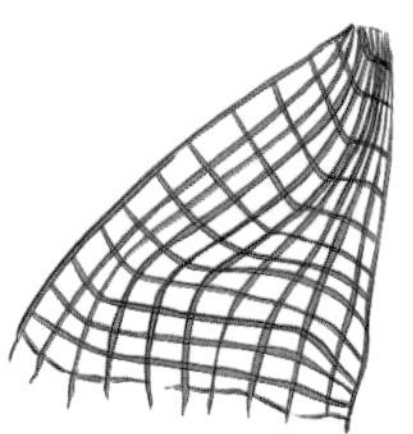

MP3-57

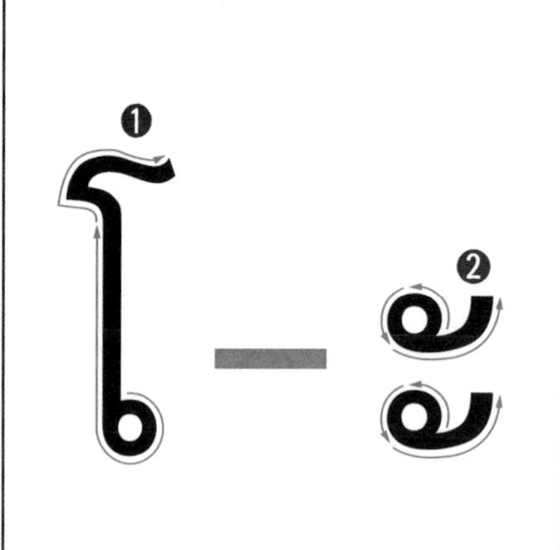

音標：o

泰文名稱：สระโอะ (så-ră-ŏ)

例字：โต๊ะ (tõ) 桌子

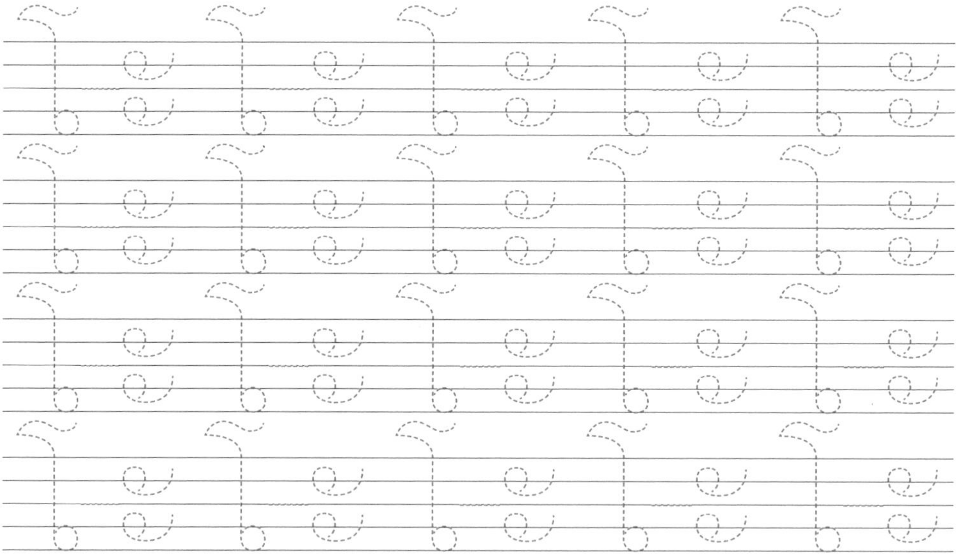

MP3-58

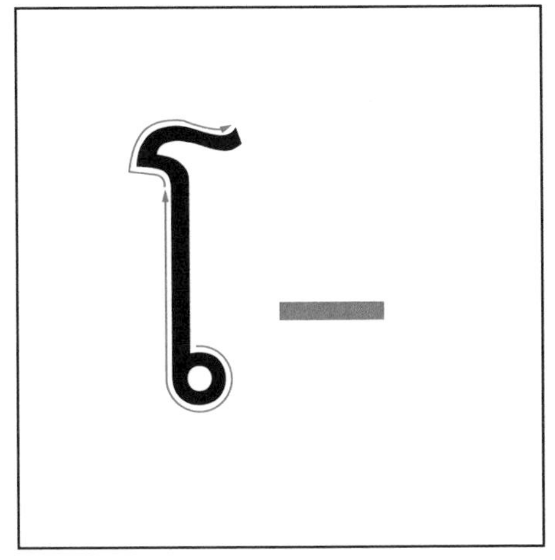

音標：o

泰文名稱：สระโอ (sǻ-rǎ-o)

例字：โมโห (mo-hó) 生氣

MP3-59

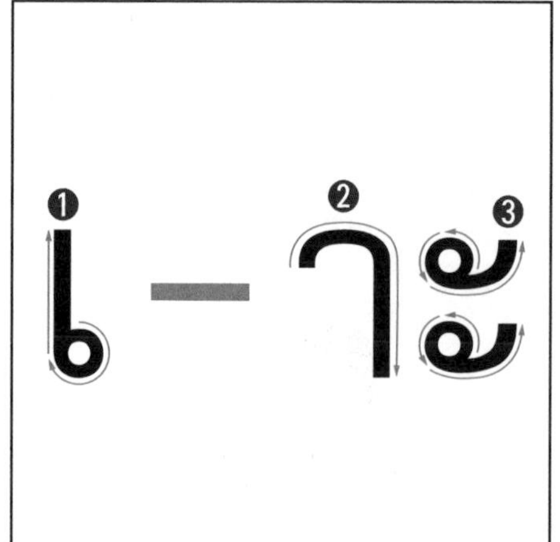

音標：or

泰文名稱：สระเอาะ (så-rǎ-ǒr)

例字：เงาะ (ngõr) 紅毛丹

MP3-60

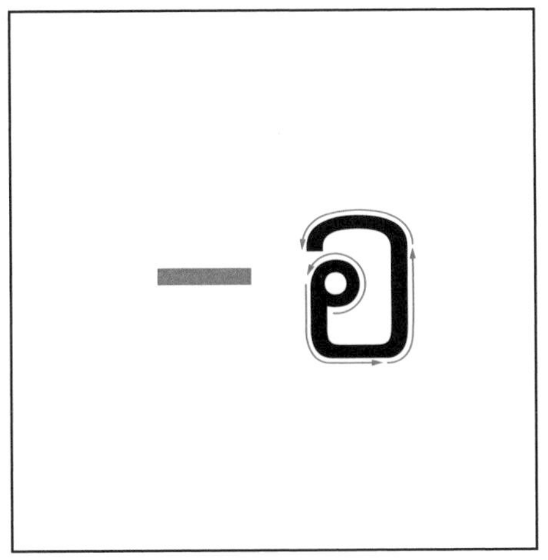

音標：or

泰文名稱：สระออ (så-rǎ-or)

例字：คอ (khor) 脖子

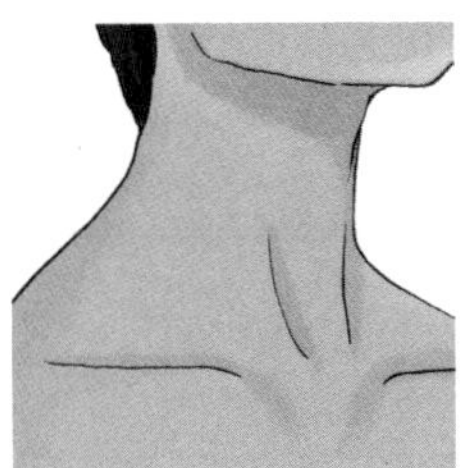

MP3-61

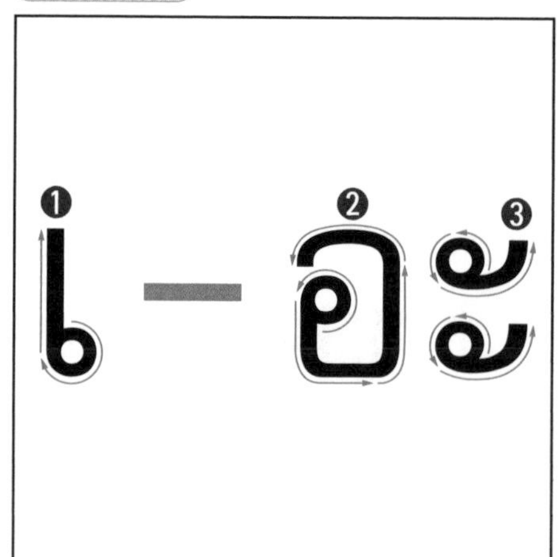

音標：er

泰文名稱：สระเออะ (så-rǎ-ěr)

例字：เยอะ (yěr) 多

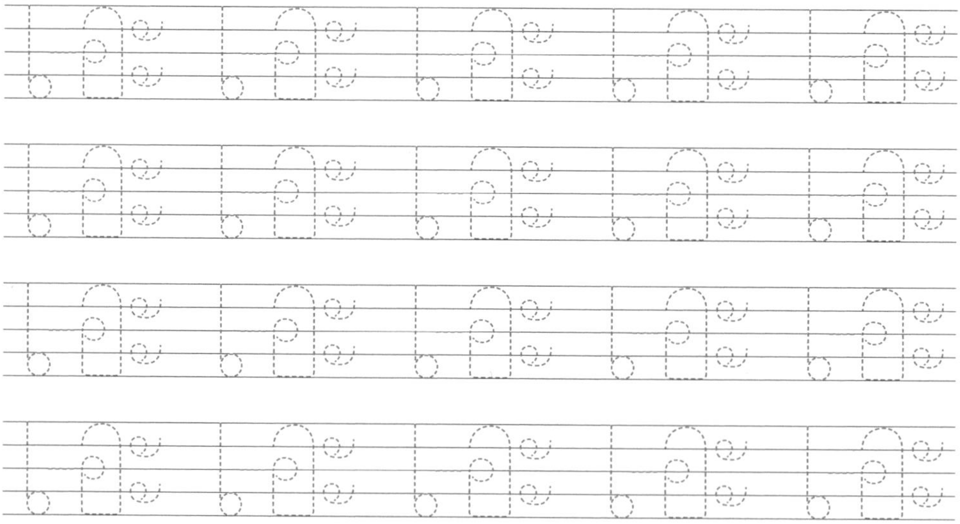

MP3-62

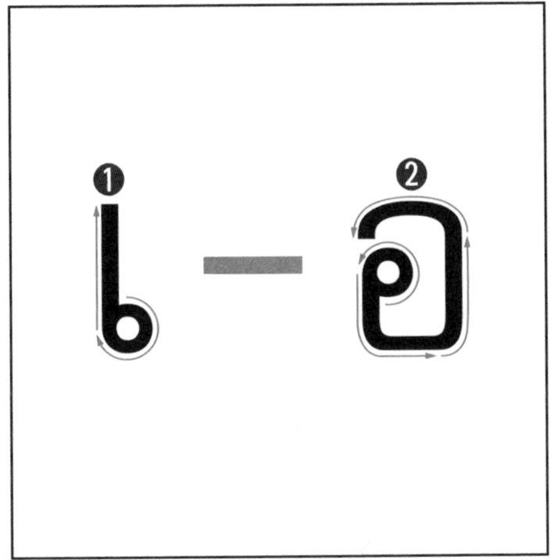

音標：er

泰文名稱：สระเออ (så-ră-er)

例字：เจอ (jer) 見

MP3-63

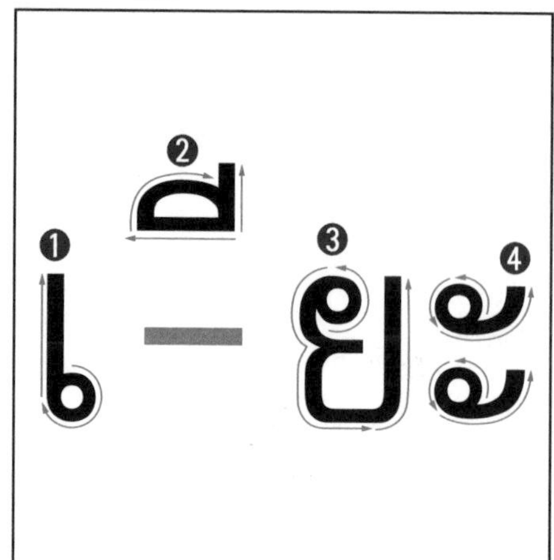

音標：ia

泰文名稱：สระเอียะ (så-rǎ-ĭa)

例字：เกี๊ยะ (kĩa) 木屐鞋

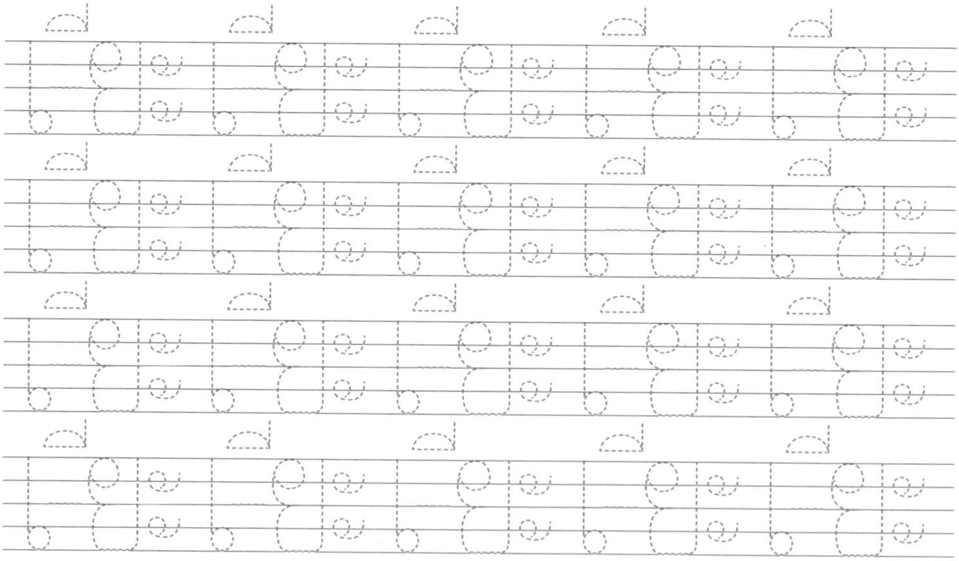

MP3-64

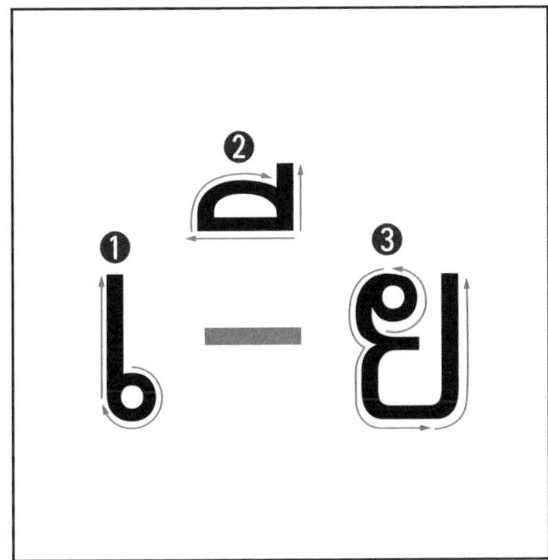

音標：ia

泰文名稱：สระเอีย (så-rǎ-ia)

例字：เลีย (lia) 舔

MP3-65

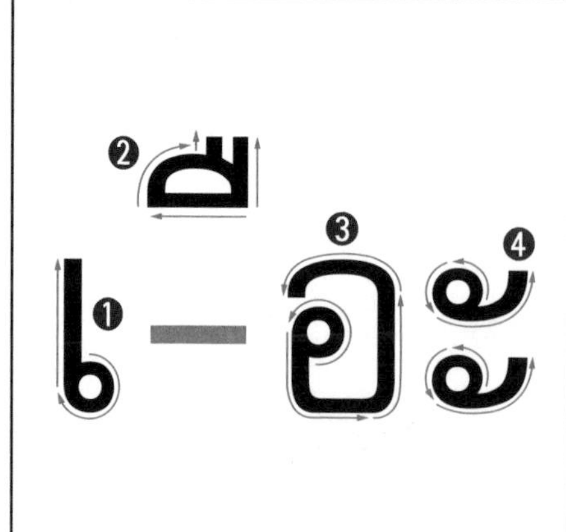

音標：eua

泰文名稱：สระเอือะ (så-rǎ-eǔa)

例字：เอือะ (eua)

母音เ-ือะ的發音

MP3-66

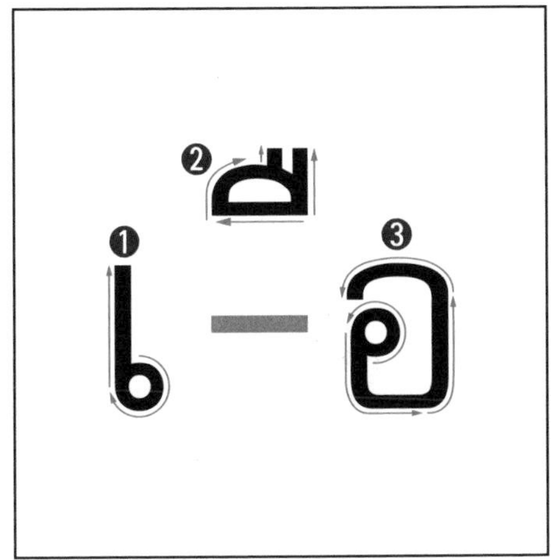

音標：eua

泰文名稱：สระเอือ (så-ră-eua)

例字：เสือ (seúa) 虎

MP3-67

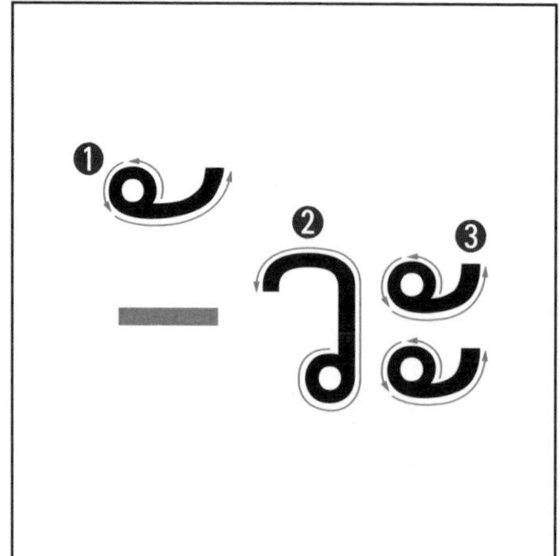

音標：ua

泰文名稱：สระอัวะ (så-ră-ŭa)

例字：ยัวะ (yũa) 發怒

MP3-68

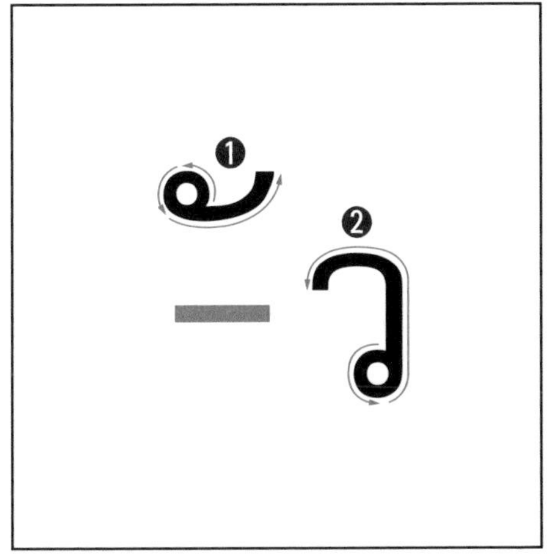

音標：uo

泰文名稱：สระอัว (så-ră-uo)

例字：บัว (buo) 蓮花

MP3-69

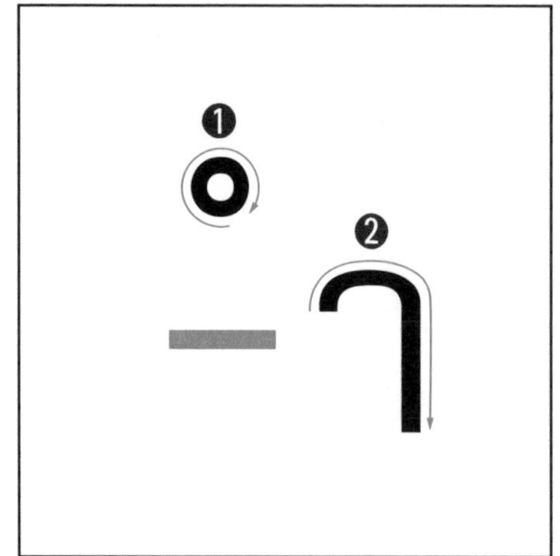

音標：am

泰文名稱：สระอำ (så-ră-am)

例字：ดำ (dam) 黑

MP3-70

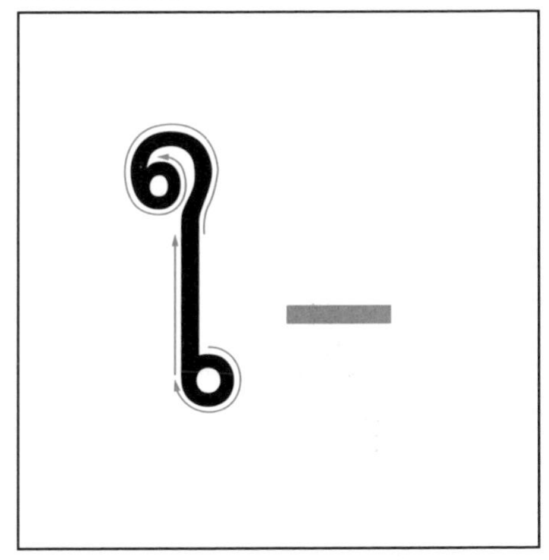

音標：ai

泰文名稱：สระไอไม้ม้วน
(så-rǎ-ai-mãi-mũon)

例字：หัวใจ (húo-jai) 心臟

MP3-71

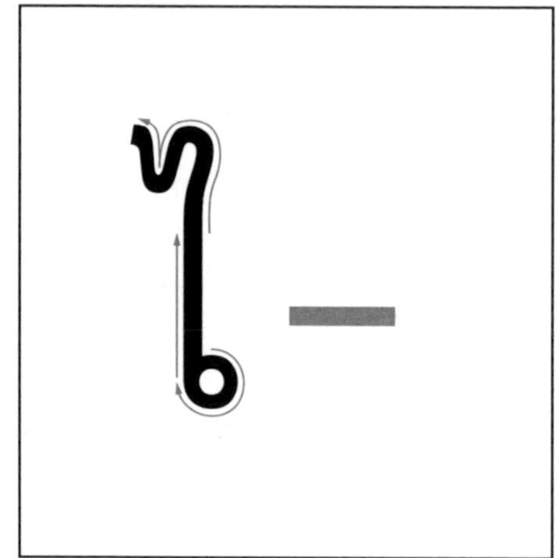

音標： ai

泰文名稱： สระไอไม้มลาย
(så-ră-ai-mãi-må-lai)

例字： ไอ (ai) 咳嗽

MP3-72

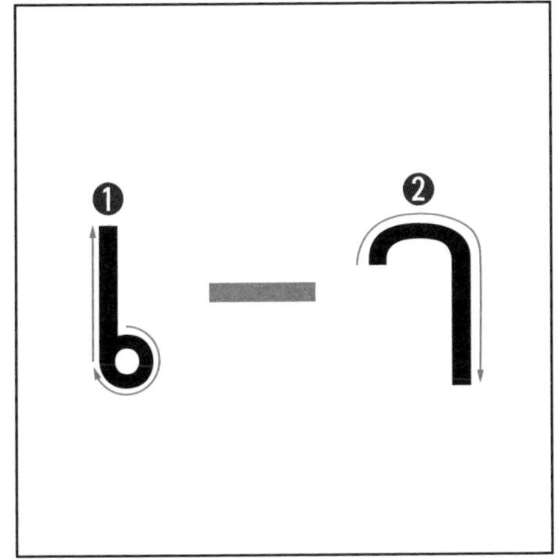

音標：ao

泰文名稱：สระเอา (så-ră-ao)

例字：เต่า (tăo) 烏龜

MP3-73

音標：reu

泰文名稱：รึ (rẽu)

例字：ฤดี (rẽu-di) 心

MP3-74

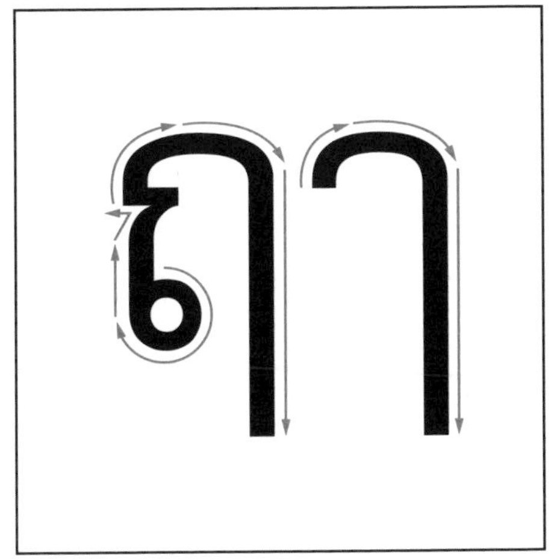

音標：reu

泰文名稱：รือ (reu)

例字：ฤาษี (reu-sí) 隱修士

MP3-75

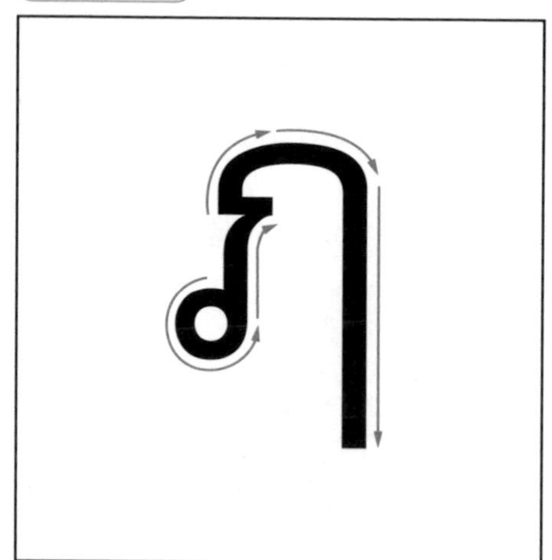

音標：leu

泰文名稱：ลือ (lĕu)

例字：沒有符合的單字

MP3-76

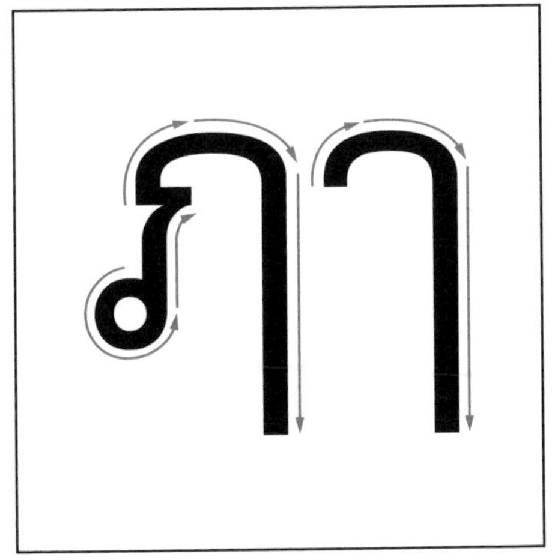

音標：leu

泰文名稱：ลือ (leu)

例字：ฦๅชา (leu-cha) 古代國王稱號

MP3-77

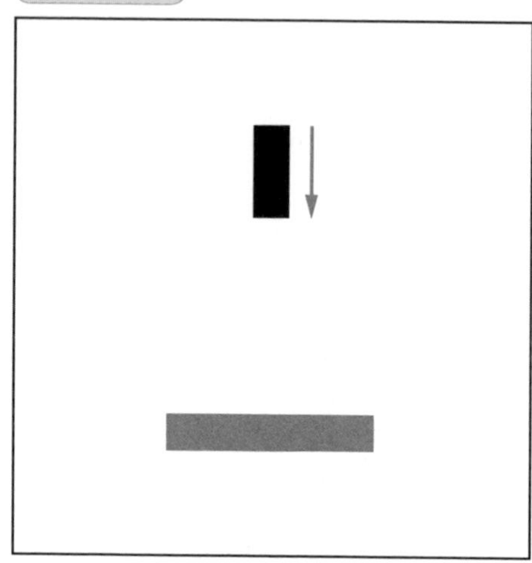

泰文名稱：ไม้เอก

音標：mãi-ĕg

例字：ไข่ไก่ (khăi-kăi) 雞蛋

ไข่ไก่ ไข่ไก่ ไข่ไก่

MP3-78

泰文名稱：ไม้โท

音標：mãi-tho

例字：น้ำส้ม (nãm-sòm) 柳橙汁

่ ่ ่ ่ ่ ่

น้ำส้ม น้ำส้ม

MP3-79

泰文名稱：ไม้ตรี

音標：mãi-tri

例字：ป๊ะจ่าง (bã-jǎng) 粽子

๗ ๗ ๗ ๗ ๗ ๗

ป๊ะจ่าง ป๊ะจ่าง

MP3-80

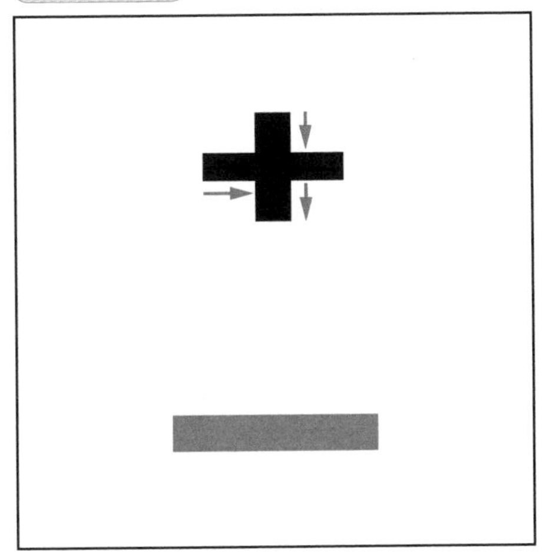

泰文名稱：ไม้จัตวา

音標：mãi-jăd-tå-wa

例字：ก๋วยเตี๋ยว (kúoi-tíao) 粿條

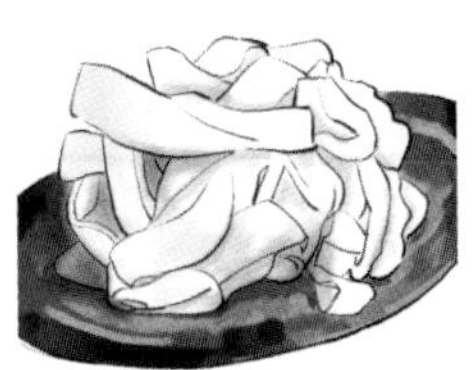

ก๋วยเตี๋ยว ก๋วยเตี๋ยว

ตัวเลขไทย

泰文數字習寫

泰文數字總表

๐	๑	๒	๓	๔
๕	๖	๗	๘	๙

MP3-81

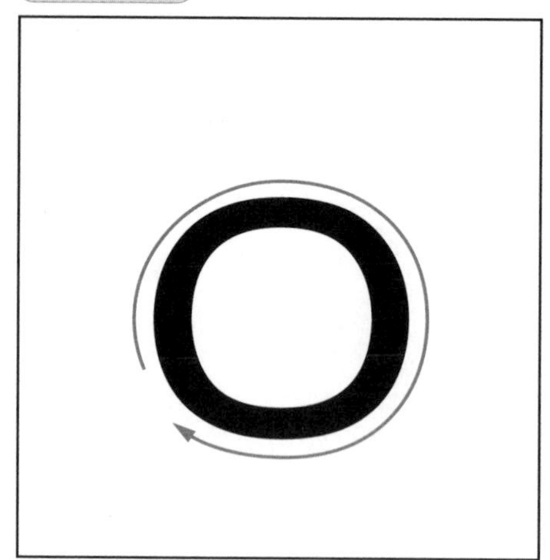

泰文大寫：ศูนย์

音標：sún

阿拉伯數字：0

MP3-82

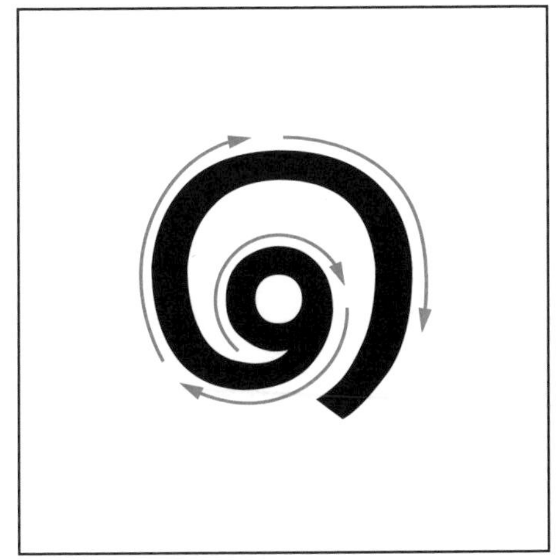

泰文大寫：หนึ่ง

音標：nĕung

阿拉伯數字：1

MP3-83

泰文大寫：สอง

音標：sórng

阿拉伯數字：2

MP3-84

泰文大寫：สาม

音標：sám

阿拉伯數字：3

MP3-85

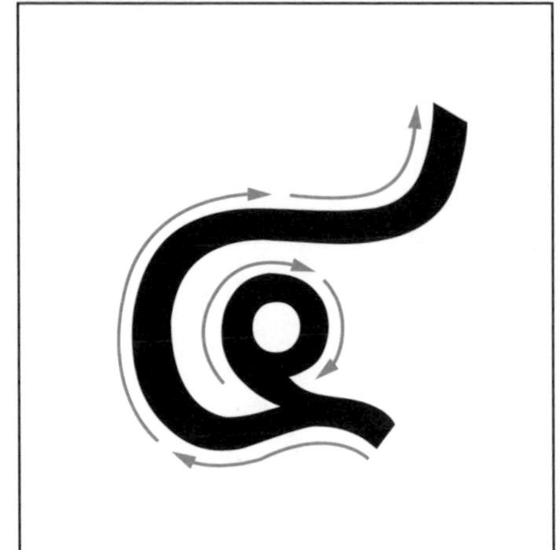

泰文大寫：สี่

音標：sǐ

阿拉伯數字：4

MP3-86

泰文大寫：ห้า

音標：hà

阿拉伯數字：5

MP3-87

泰文大寫：หก

音標：hŏg

阿拉伯數字：6

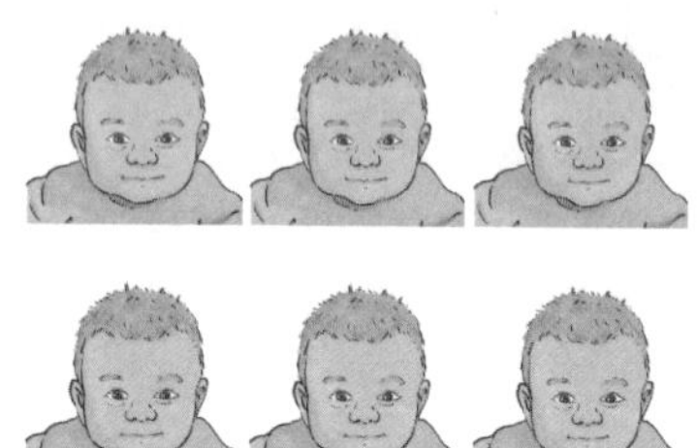

MP3-88

泰文大寫：เจ็ด

音標：jĕd

阿拉伯數字：7

MP3-89

泰文大寫：แปด

音標：pǎed

阿拉伯數字：8

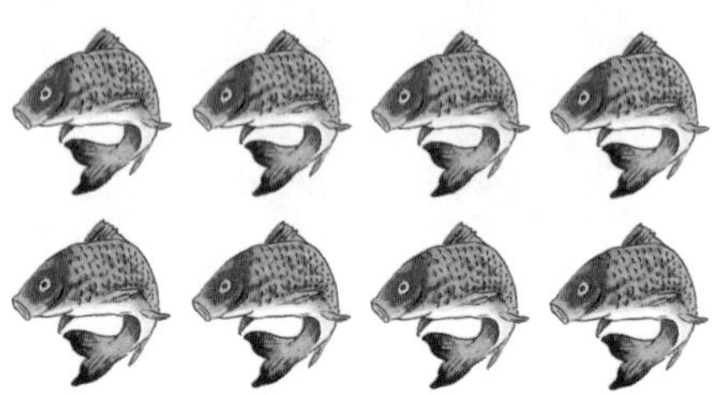

MP3-90

泰文大寫：เก้า

音標：kào

阿拉伯數字：9

memo

memo

國家圖書館出版品預行編目資料
超入門泰文字母教室 新版 / 李汝玉著
-- 修訂初版 -- 臺北市：瑞蘭國際, 2023.04
112面；17×23公分 --（繽紛外語；120）
ISBN：978-626-7274-25-5（平裝）
1. CST：泰語 2. CST：讀本
803.758 112004663

繽紛外語系列 120

超入門泰文字母教室 新版

作者｜李汝玉
責任編輯｜葉仲芸、王愿琦
校對｜李汝玉、王愿琦、葉仲芸

泰語錄音｜李汝玉
錄音室｜采漾錄音製作有限公司
封面設計｜劉麗雪、陳如琪
版型設計｜陳如琪
內文排版｜林士偉
插畫｜KKDRAW

瑞蘭國際出版

董事長｜張暖彗 · 社長兼總編輯｜王愿琦
編輯部
副總編輯｜葉仲芸 · 主編｜潘治婷
設計部主任｜陳如琪
業務部
經理｜楊米琪 · 主任｜林湲洵 · 組長｜張毓庭

出版社｜瑞蘭國際有限公司 · 地址｜台北市大安區安和路一段104號7樓之1
電話｜(02)2700-4625 · 傳真｜(02)2700-4622 · 訂購專線｜(02)2700-4625
劃撥帳號｜19914152 瑞蘭國際有限公司 · 瑞蘭國際網路書城｜www.genki-japan.com.tw

法律顧問｜海灣國際法律事務所　呂錦峯律師

總經銷｜聯合發行股份有限公司 · 電話｜(02)2917-8022、2917-8042
傳真｜(02)2915-6275、2915-7212 · 印刷｜科億印刷股份有限公司
出版日期｜2023年04月初版1刷 · 定價｜199元 · ISBN｜978-626-7274-25-5

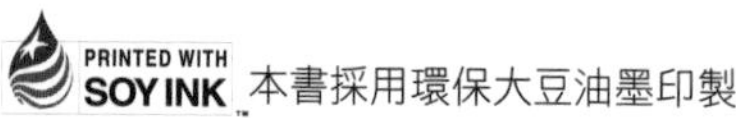

本書採用環保大豆油墨印製

瑞蘭國際

瑞蘭國際

瑞蘭國際

瑞蘭國際